这本《自然故事》属于：

_____

_____

_____

关于海龟

海龟和陆龟、水龟
有亲缘关系。
它们都是爬行动物。

海龟是伟大的漫游者,
每年旅行数千千米,
经常远离陆地。
这使得研究它们有点难。
所以科学家才刚刚开始
探索海龟的神秘生活。

海洋里有七种海龟。
这本书讲的是蠵(xī)龟(红海龟),
它们生活在全世界的海洋里。

献给约瑟夫和加布里埃尔,佐薇和菲尼安
——尼古拉·戴维斯

献给我们的陆龟看护:萨姆阿姨
——简·查普曼

感谢加勒比保护公司的海龟生存联盟教育协调员丹尼尔·伊文思

图书在版编目(CIP)数据

神秘的小海龟 /(英)尼古拉·戴维斯文;(英)简·查普曼图;王春,刘泰宁译. -- 杭州:浙江教育出版社,2020.9(2022.11重印)
(自然故事. 第2辑)
ISBN 978-7-5722-0478-4

Ⅰ.①神… Ⅱ.①尼… ②简… ③王… ④刘… Ⅲ.①儿童故事-图画故事-英国-现代 Ⅳ.①I561.85

中国版本图书馆CIP数据核字(2020)第120740号

引进版图书合同登记号 浙江省版权局图字:11-2020-241

Text © 2001 Nicola Davies
Illustrations © 2001 Jane Chapman
Published by arrangement with Walker Books Limited, London SE11 5HJ
All rights reserved. No part of this book may be reproduced, transmitted, broadcast or stored in an information retrieval system in any form or by any means, graphic, electronic or mechanical, including photocopying, taping and recording, without prior written permission from the publisher.
Simplified Chinese translation edition is published by Ginkgo (Beijing) Book Co., Ltd.

本书中文简体版权归属于银杏树下(北京)图书有限责任公司

浪花朵朵

神秘的小海龟

[英]尼古拉·戴维斯 文
[英]简·查普曼 图
王春 刘泰宁 译

浙江教育出版社·杭州

在大海的远处、更远处,
　　　陆地成为了记忆,
　　　　　碧蓝的天空与海水相接。

就在海面下,
微小的生物们附着在
缠绕的水草和浮木上。
这里是小海龟的幼儿园。

乘船航行时，
人们可能不会注意到小海龟。
她比瓶盖大不了多少，
躲在绿色的阴影里。

她还是个婴儿，
她的壳柔软，犹如旧皮革。
即使是小鱼咬下去，也能把它撕开。
但在水草的世界里，小海龟很安全，
她会突然张开嘴吃掉小蟹和小虾。

海龟背部有壳，腹部也有壳。
龟壳由盾片构成，随着小海龟长大，盾片也会长大、变硬。

小海龟游来游去,
拍打着长长的前鳍肢,
就像挥舞着翅膀在水下飞行。

她浮出银色的水面,
探出如针孔般大小的鼻孔快速地呼吸——
那么快,只要一眨眼,
你就会错过这一幕!

鱼在水下呼吸，但海龟是爬行动物，
需要浮出水面才能呼吸。
当它们醒着时，每四到五分钟就需要呼吸一次；
当它们睡着时，可以在水下待数小时都不用呼吸。

然后，她游走了，
潜入水中，
继续她的隐秘生活。

过了三四年,或许更久,
小海龟安然度过了风暴,

也承受过
平静水域的炙热。

她长大了,不再需要待在幼儿园了。

没有人看到她离开,
但当人们寻找她的时候,
她真的不见了。

一两年后,她出现在陆地附近。
现在,她比餐盘还要大,
她不会再被鱼类任意捕食。
她的壳像铠甲一样坚固,
她的头像钢盔一样坚硬。
她已经长大了,龟如其名:红海龟。

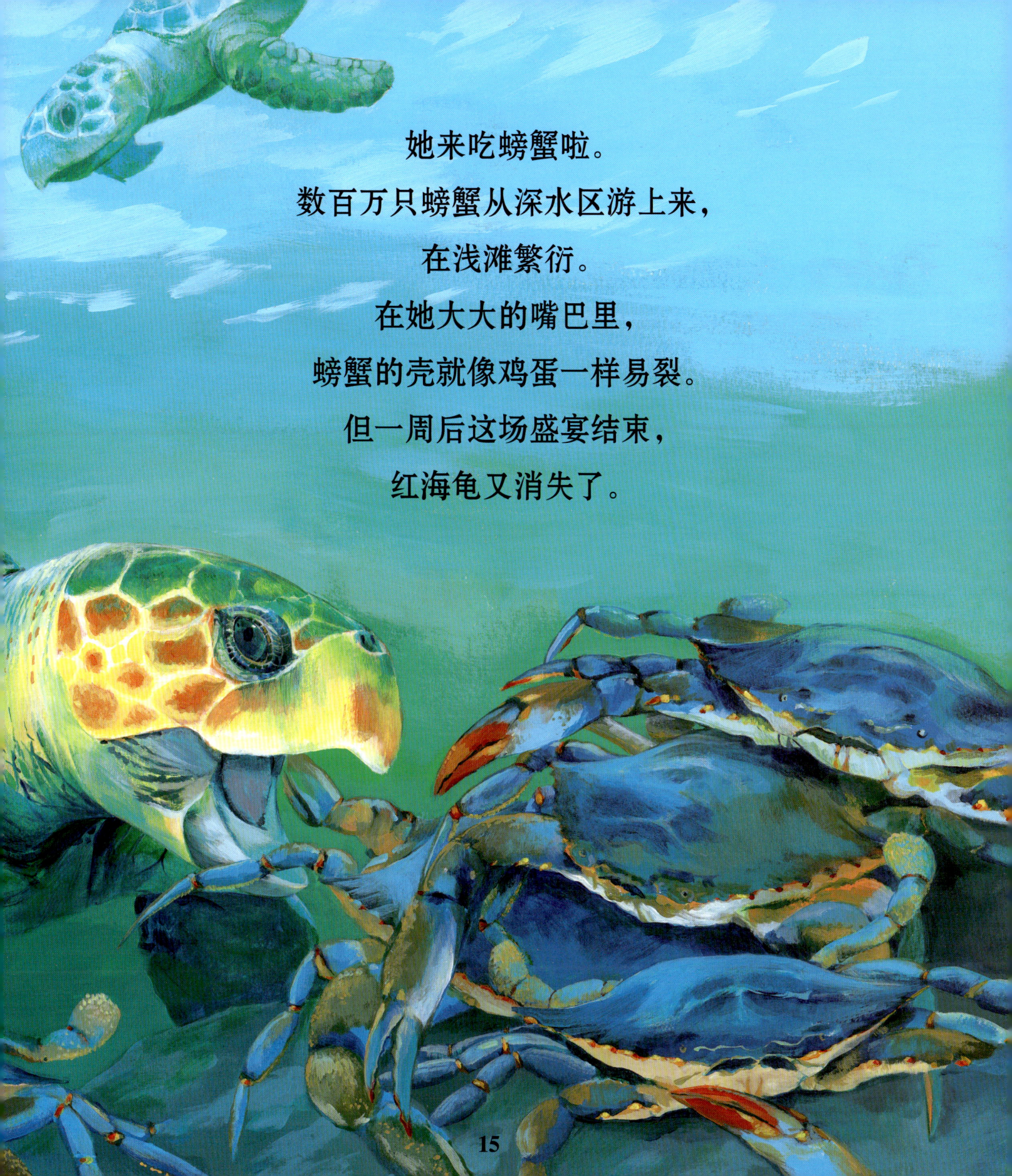

她来吃螃蟹啦。
数百万只螃蟹从深水区游上来,
在浅滩繁衍。
在她大大的嘴巴里,
螃蟹的壳就像鸡蛋一样易裂。
但一周后这场盛宴结束,
红海龟又消失了。

红海龟漫游各处，
以便寻找食物：

夏天，在凉爽的海藻丛里，
她找到了多汁的蛤蜊和小虾。

冬天,绿松石般的潟湖温暖得可以洗澡,
 她就在那里的珊瑚间觅食。

红海龟可以游数千千米,
 但是她不会留下任何踪迹供人追寻。
 只有运气好时人们才能瞥见她。

人们花三十年的时间可能都找不到她。
然后某个夏夜,她就出现在这里,
她出生的海滩。
她找到了来这里的路,
她能像指南针一样辨别方向,
感知水流和海浪的温暖。
她记得这里海水的味道,
以及海浪激荡的声音。

雄性海龟就在将要筑巢的海滩附近等候交配。

完成了交配后,雌性海龟会上岸产蛋。

在漫游的岁月里，红海龟渐渐长大。

现在她已经像手推车一样大啦。

漂浮在海上时，她没有什么重量；

一旦到了陆地，她比成年男性还重。

所以鳍肢每走一步都很艰难。

她的眼睛会流出咸咸的泪水，

这有助于保持眼睛里没有沙子。

对海龟来说上岸是很危险的——它们易因过热而死亡。
所以它们只在夜间或凉爽的天气里筑巢，然后尽快返回大海。

红海龟在海水冲不到的地方筑巢。

她用后鳍肢小心翼翼地挖掘……

她挖了一个又深又陡的洞。

她在洞里产蛋,
那些蛋就像很多颗湿软的乒乓球。

之后她用沙子把蛋盖住,藏好巢穴,
以免落入饥饿的动物之口。

然后红海龟再次离开，
回到她的隐秘生活中。

留下的，是沙子下面的蛋，它们埋得很深，很安全。海龟宝宝在里面发育。

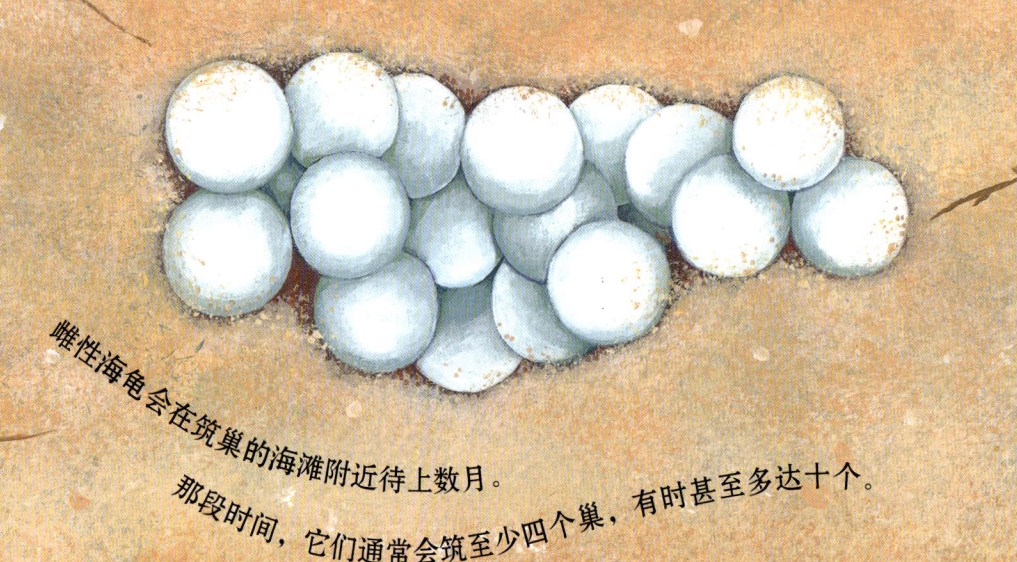

雌性海龟会在筑巢的海滩附近待上数月。那段时间，它们通常会筑至少四个巢，有时甚至多达十个。

夏天结束之前,
幼龟从蛋壳里爬出来。

海龟的蛋在温暖的沙子里孵化,需要六个星期。如果沙子的温度低,就要再多孵化三个星期。

在蛋上方的沙滩上，许多双眼睛在注视着，搜寻着幼龟的身影，要把他们当成一餐。

所以刚孵化的幼龟会等到晚上才爬出来。

海天相接处的地平线会指引幼龟到达大海。但是海滩旁的街灯和建筑会让它们困惑，走错方向。

然后他们会冲过沙滩，直奔大海而去。

黑暗中,有一只幼龟逃过了钳、喙和伸过来抓的爪子。有一天,她会记起这片海滩,然后回来。

但是现在,她潜入浪里,游起来。

游啊,游啊!

游入大海的怀抱。

越游越远,到了远海,

陆地成为了小海龟大脑深处等待被唤醒的记忆。

索引

巢..............21—24
龟蛋..............19、23—25
龟壳..............8、14
海滩..............18—19、24、28
呼吸..............10—11
爬行动物..............3、11
鳍肢..............10、21—22
食物..............16
睡眠.............. 11
雄性海龟.............. 19
游泳..............10、29
幼儿园..............7、13

通过索引表，
你可以查找、发现红海龟的相关知识。
文中有两种字体，**这种**和这种，
都要记得阅读哦！

文 尼古拉·戴维斯

英国获奖童书作家、动物学家，曾在英国国家广播公司的自然节目组工作。自1997年以来，已有30余部作品问世。自从第一次在印度洋看到海龟后，尼古拉就爱上了海龟。但是人们吃海龟蛋，在海滩上造房子，污染海洋。她写这本书是为了讲述海龟很珍贵，值得人们付出更多的关心。她还创作了《不一样的鲨鱼》《大蓝鲸》《鸭子邻居》等作品。

图 简·查普曼

英国童书插画家，曾以优异的成绩毕业于插画专业。在她的作品中，超过75部已分别在20多个国家出版。她为卡玛·威尔逊有关"熊"的作品配图，该系列获得了国际大奖。2012年，她的作品被列入《纽约时报》畅销书单中。简很喜欢海龟，她那只75岁的宠物海龟启发了她的绘画灵感。

写给家长

与孩子们分享书籍是帮助他们学习的最好方法之一，也是他们学习阅读的最佳方式之一。《自然故事》是一套自然知识绘本，插图精美，屡获奖项。这套书重点描绘动物，对孩子们有非常强烈的吸引力。孩子们可以反复地阅读和体会这套绘本，或许可激发对一个主题的兴趣，进而深入思考和探索，发现更多知识。

每本书都是对现实世界的一次历险，既丰富了孩子们的阅历，又培养了他们的好奇心和理解能力——这是最好的学习方式。

《自然故事》（共三辑，二十四册）

第一辑： 大蓝鲸、喜爱夜晚的蝙蝠、北极熊、白色猫头鹰、帝企鹅的蛋、与狼同行、毛毛虫与蝴蝶、鳗鱼的一生

第二辑： 害羞的海马、寻找家园的熊猫、虎妞妈妈、去北极（迁徙路上的动物）、跳舞的蜜蜂、神秘的小海龟、鸭子邻居、不一样的鲨鱼

第三辑： 青蛙的成长、昆虫侦探、海豚宝宝、森林里的熊、温柔的章鱼、海豹猎手、"恶心"的蚯蚓、原野上的马儿